法律代書
越南小吃
陽春麵
7
7-12
來來超市
來來超市

來旺喜
美味便當
日式拉麵
大大文具
五金雜貨
生活五金
順

什麼都沒有雜貨店②

祕密基地

王宇清 文
林廉恩 圖

目次

引人入勝又充滿愛的故事

Tey Cheng／「小學生都看什麼書」臉書社團版主

這個故事溫暖細膩，從小朋友的視角來看「大家互相」的台式復古人際互動。

因為似懂非懂的家庭因素而搬家的小男生，剛開始對一切都充滿戒心，到新學校上學半年了都還交不到朋友，他不懂付出，也不懂接受，在看似堅強獨立的寂寞中生活。後來很幸運遇見了雜貨店老闆阿公，慢慢被他的無私溫暖給融化，看著主角學會接受別人的好意，進而嘗試去付出真心，覺得能在愛裡面長大的孩子心會更強韌。

我一直很喜歡作者王宇清說故事的方式，從開頭的第一頁就吊著人的胃口一路看下去，每一個情節轉折都讓人心酸酸又心暖暖，很適合唸小學的孩子，他們會在故事裡面讀到自己，讀到爸媽沒察覺到、自己也說不清的細膩情緒，我十分推薦唷！

為孩子端上一本什麼都有的溫暖創作

小木馬總編輯 陳怡璇

王宇清老師的童話故事，總是充滿奇想以及孩子般純粹的好奇與幽默。《什麼都沒有雜貨店》仍然是這樣一本令人一翻開就停不下來的故事，然而在這個故事裡，作者為孩子呈現了更多人與人之間交流的溫暖、對真實世界存在的各式寂寞處境投以深深的關懷，是極少數能帶領孩子將眼光看向我們生活周遭的珍貴作品，小木馬非常榮幸能參與其中，將這個充滿童趣和滿滿關懷的故事帶到孩子面前。

有聲音、有味道的神奇故事

繼《荒島食驗家》創造一邊看故事一邊流口水的閱讀體驗後，《什麼都沒有雜貨店》裡，食物和料理同樣扮演重要的角色，在這個故事裡，什麼都有的超商有各式方便的飲食，是現代人填飽肚子十分依賴的場所；而看似什麼都沒有的雜貨店，則是以一道道手作料理，填飽了主角們的肚子，也溫暖了他們的心。每當食物出現，總伴隨著不同的心境與主角們情緒的轉折，讀起來真是一邊品嚐著味道、一邊品味著心境與心意，非常過癮；另一方面，這也是一個「有聲音」的故事，故事裡的靈魂人物阿旺阿公，是生活在這塊土地上我們絕不陌生，操著「台灣國語」的長者，作者在描繪人物間的對話時，台灣國語總冷不防的出現，讓人莞爾又彷彿真實聽見這長輩的溫暖叮嚀，非常有趣。故事裡在呈現這些語句時用的是可類比台灣國語發音的國字，而非教科書裡教導的閩南語用字，編輯部和作者討論後決定保留這個用法，閱讀起來也更為流暢直接。

進入真實世界裡的奇幻歷險

對現代的小朋友來說，什麼都沒有雜貨店就是一個奇幻的場所，跟主角小傑初次遇見一樣，充滿好奇與想像。但每個人都可以在當中找到有點陌生又有點熟悉的人物、場景和情感。打開這個故事，閱讀、品嚐、聆聽什麼都沒有雜貨店，跟著主角小傑一起進入這個奇幻之旅吧！

新朋友

一回頭，阿公已經坐在桌前開始打電話。

「喂！阿星啊，我這邊有剛炊好的肉粽，你要不要啊？」

「不要喔，好！不要緊！謝謝啊！」

「喂！萬里嬸，阿萍綁的肉粽，真好吃，要不要？」

「好好好！」

「肉粽方便，拜拜也可以拜，不錯喔！」

「這樣喔！」

只見阿公不厭其煩的一通電話接著一通打，一面在桌上的日曆便條紙上寫著。

「好好好！等一下我叫阿樂送過去。

好好好！我知道，順便拿

麻油和麵粉就對了。」

當阿公掛上最後一通電話，露出滿意的微笑：「好！全部賣完了！阿樂，等一下麻煩你送貨。」

「Yes！」阿樂比出握拳的姿勢，像是把對手三振出局的投手。

「賣完了？」我訝異的問。

「找附近的『厝邊』一起『交關』①，比較快啦。」阿旺阿公解釋。

「阿萍阿姨的肉粽好吃，大家都喜歡。不過，她就是客氣，不好意思麻煩別人，總要自己去市場賣。」

原來如此。

「阿公，我出去送肉粽囉！」阿樂拿起便條紙和肉粽，準備出門去。

「需要我幫忙嗎？」

「掰掰！」阿樂根本不理我，自己跑出門了。

「你別太在意，那孩子，就是比較皮一點。」阿公說。

「不會的，沒關係。」阿樂出門，我剛好可以找機會跟小福培養一下感情。

「我買的那些狗食，小福喜歡嗎？」

「啊！對！」阿公像是突然想到，「正要和你說這個。」

①向鄰居推銷的意思。

「小福都跟我粗，我知道你是好意，但這種罐頭很貴的。」

我曾經聽說，狗狗不可以吃人的食物，否則會增加身體的負擔，縮短狗狗的壽命。

「阿公，那個……」我猶豫著不知該如何開口。

阿公大概看我一臉擔心，說：「你這個孩子真好心，你在擔心我給小福粗什麼對不對？」

「來！我正要做牠的飯，你來看看。」阿公招招手，走向廚房。

我跟著阿公走進廚房。

阿公廚房的桌子上，擺放著各式各樣的食材，我沒做過飯，所以分不清楚什麼是什麼。

「你放心，阿公有在注意。」阿公圍上圍裙，準備動手做「狗食」。「我很注意小福粗什麼，太鹹、太油的我不會給牠粗。狗，就像人一樣，要粗得健康。這些青菜，有些是我自己種的，有些是朋友給的，沒農藥的。雞肉是早上去市場買最新鮮的……」

自己做狗的食物？我從來沒有想過這樣的方法。我以為狗不是吃剩飯，就是吃狗糧或狗罐頭。

「可是，牠吃的這些，不就是跟人吃的一樣嗎？」

「哈！哈！哈！」阿公笑了起來。「我跟阿樂研究過，有人做實驗，說其實有很多現成的狗罐頭不見得好，但是人因為求方便，或者太寵狗，都想買貴的東西給牠們粗，結果，錢被人家賺走，也不見得讓狗粗得健康。就是太忙，或者太懶，都亂粗。」

「喔，對了，請你到前面去幫我拿一瓶醬油，剛好沒有了。在門進來左手邊上面第二層。」

我將信將疑的依照指示，到店裡拿醬油。一下子就找到了。我拿起醬油瓶，習慣性的檢查保存期限。這樣生意不太興隆的舊雜貨店，該不會東西都放到過期還不知道哪！

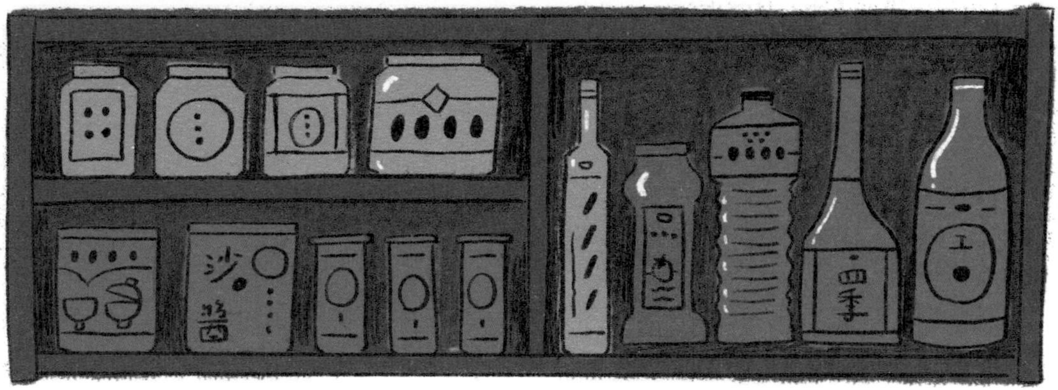

這時我發現，這個櫃子裡，放的幾乎都是廚房用的調味料，像是鹽巴、糖、醬油、香油一類的，數量不多。而更讓我訝異的是，這些瓶瓶罐罐和盒子，全都一塵不染，櫃子裡面也乾乾淨淨。只是看起來老舊，卻是用心整理過的呢。我想著。

「有沒有找到哇？」阿公的聲音從廚房傳過來。

「有！」

我回到廚房時，已經香氣四溢了。

阿公接過醬油後打開，輕輕灑了一點點，一股更濃厚的香味衝了出來。

「來，你要不要試試看？」阿公讓出一個位子，示意我過去。

「我？」

「試試看。」

從來沒有下過廚房的我，笨拙的拿起鍋鏟，在阿公的引導下翻動鍋裡的食物。我感覺有點吃力，但隨著不斷撲鼻而來的香味，卻有種快樂的感覺。鍋子裡的東西，看起來像是蔬菜雞肉燉飯，

不像狗食。

「好！差不多了！」阿公遞來一個大盤子。「裝起來就好了。」我手忙腳亂把鍋裡的東西盛上盤子。

「來！粗粗看吧！」

「什麼？」香是香，要我吃狗食，一時半刻間還是有點難接受。

阿公自己端起一盤，吃了起來。「都是用新鮮的食物現做的，人也可以粗，而且很健康！」

我用湯匙舀了一小口，嘗了一下，果真好吃！雖然不是我愛吃的重口味，但……一種新鮮的食物香氣讓我忍不住又舀了一口。

「阿公，請問這個食譜是從哪裡看來的？」我還是有點懷疑。

「電視新聞啊，阿樂也有從網路抓食譜。說自己做狗食最好。」

天啊，我實在遜掉了。

「阿樂會煮飯嗎？」我突然想到，阿樂整天在這裡，會不會也幫忙做飯？

「會啊，他會炒飯、炒麵、滷肉燥、洗菜切菜、煮味噌湯……」

「哇！」我有點不敢相信。「是阿公教他的嗎？」

「哈哈，以前是阿媽教，後來是我在教，現在他都自己亂煮啦，歡喜就好。」

阿公解下圍裙，洗了洗手，開心的插著腰。

「這樣，等一下小福肚子餓，就可以粗了。」

「嗯！」

「吼！都不等我！」阿樂抱怨的聲音和他的人同時出現。「不是說好今天換我煮給小福吃嗎？」

「哎唷，你別那麼小氣，你不是已經煮很多次了嗎？」

「阿公，你幹麼對他那麼好啊？有錢人家的小孩，每天來這裡又不買東西，小福又不喜歡他……。」

「阿樂！你說話太超過，阿公要生氣喔！趕快賠失禮！」阿公板起臉。

「我又沒說錯，為什麼要跟他道歉！有錢人跩屁喔！」

不知道為什麼，一股憤怒哀傷的情緒突然從我的眼睛和喉嚨深處爆發出來。

「別再叫我有錢人了！可惡！可惡！可惡！」我咆哮著。我無法克制的吼著，眼淚還一邊不受控制的滾落而下，發燙的溫度劃過我的臉頰。

我不想在阿樂前面流淚，連忙衝出店門外。

可惡！可惡！可惡！臭阿樂，一直叫我有錢人！我最近才剛剛心情比較好一點，他卻一定要來破壞！我到底哪裡惹到他了啊！

我根本不想哭，但就是無法阻止眼淚往下掉，可惡！

阿樂急急忙忙跟了出來。他被我山洪爆發一樣的激動情緒嚇呆了，靜靜睜著他又大又圓的單眼皮眼睛，微張著嘴，盯著我看了好一會兒。

「你……你……沒事吧！」我第一次聽見阿樂結巴，臉上的表情轉變為同情。他伸出手想安慰我，卻又不敢碰我。

「走開啦！」奇怪的是，我發洩出來之後，突然心裡變得很平靜，只是臉上一把鼻涕一把眼淚的，實在很尷尬，所以只好繼續裝生氣。

「對……對不起。」阿樂不自然僵直站著。

我低著頭站在原地，不知道該做什麼反應才好。真希望能夠瞬間移動到別的地方去啊！

手足無措的阿樂，轉身跑走了，我反而鬆了一口氣。這時，腳踝傳來一陣搔癢。用眼角餘光瞄了一下，竟然是小福！

小福在我的腳邊又磨蹭、又猛舔。從來沒有親近過我的小福，竟然在這個時候拚命的吸引我的注意。

啊！我一定看起來很可憐，連小狗都同情我。

我用袖子抹了抹鼻涕和眼淚。

「小福，謝謝你。」

「汪汪汪！」

眼前突然出現了一根白色的「棒棒冰」。是阿樂。

奇怪了，喜旺來有賣冰棒？我怎麼從來沒看過。

「嗯……請你吃。」阿樂自己手上也拿著一根紫色的。

我看了看眼前的白色棒棒冰，又看了看阿樂的紫色棒棒冰。

「還是你要吃葡萄的？」阿樂睜著大眼睛，「我是覺得汽水的比較好吃，所以給你。店裡就剩這兩根了。」

我接過白色棒棒冰，卻不知道吃法；我只看過卻沒吃過。

只見阿樂咬著冰棒像奶嘴一樣的前端，手握著棒冰奮力旋轉，轉啊轉的，最後把冰棒前端扭了下來，遞給我。

「小時候我跟我姊姊都喜歡搶這個，吃這種冰，吃這個頭才是最酷的。」阿樂邊說，邊吃起葡萄棒棒冰剩下的部分。

真是的，他咬過的地方，不就沾到口水了嗎？算了，沒沾到冰就好，我還是接過他的葡萄冰棒頭，放進嘴裡。喔！真好吃！

「真的對不起啦，我不知道你會那麼生氣，還氣到哭，以後不會再叫你有錢人啦。」阿樂又道了一次歉。

「沒……沒事啦。謝謝你的冰。多少錢，我再給你。」葡萄冰棒頭一下子就被我吃光了，我也學阿樂，開始扭起我的冰棒頭。沒想到這麼困難，我扭了半天，還濺得滿地都是。小福立刻舔了起來。

「哈哈哈！好遜！」阿樂這傢伙，馬上又恢復嘲笑我的本性，真是太過分了。

「哈哈哈哈！」不知道為什麼，我也跟著大笑起來。我邊狂笑邊把滴個不停的汽水口味棒棒冰頭拿給阿樂，小福依舊跟著低落的冰水跑來跑去。

我想，我和阿樂，從這個時候開始，稱得上是朋友了吧！

祕密基地

我家以前的確很有錢。以前，我告訴阿樂，爸爸的生意曾經做得很大，我不清楚爸爸的生意究竟有多成功，但每一台新推出的電玩遊戲機，只要我想要，我就能得到。

住的房子，那時候並不覺得有什麼特別，但比起現在住的，可以說是非常豪華。

但是啊，我跟阿樂說，這些又不是我自己可以決定的。

「那你爸現在呢？」

「在……中國的某個地方吧！」有人說我爸爸在「跑路」，但爸爸和媽媽告訴我，爸爸到中國「想辦法東山再起」。他生意失敗的事情，還上了報紙，應該算非常嚴重。

生意失敗後，我們搬離了市中心的住處，來到媽媽朋友勉強借我們住的舊公寓，我也跟著轉學。

來到新學校後，我總覺得同學們彷彿都知道我埋在心裡的祕密，用奇怪的眼光看我。就算有同學對我友善，我卻毫無和他們打交道的興致。我真怕他們知道家裡發生的問題，會瞧不起我。

媽媽越來越忙碌，我可以說是靠著超商過活的。

假日的時候，媽媽偶爾會興沖沖的（呃，帶著歉意）帶我去超級市場買菜，說是很抱歉，讓我常常吃外食，她要好好做一頓飯給我吃。

然而，這些菜最好的下場是成為一鍋雜燴火鍋湯，而大多時候都是爛在冰箱裡發霉（而且是我拿去丟掉）。

不過，一鍋雜燴火鍋湯，我還是非常喜歡的。最棒的部分，還是能夠跟媽媽在一起吃飯。

我和爸爸很少見面。爸爸一開始承諾和我一個禮拜至少視訊一次，但最後顯然不了了之，因為他還是「想也知道的很忙」。

以前爸爸在台灣的時候，就鮮少待在家裡，所以說穿了，他到中國去發展，我沒有太大的不適應，只是心裡好像開了一個洞，但那也沒有什麼大不了。

爸爸的事情就像是一朵烏雲，淤積在我的胸口，一直對我都溫和又有耐心的爸爸，如今成了我最不想觸碰的話題。

昨天，和媽媽去吃冰的時候，媽媽突然高興的說，爸爸在中國的事業有了一些進展，說不定，再過一陣子，就可以全家一起搬到中國生活，過以前那樣優質的生活了。

爸爸的事業初現曙光，應該是值得開心的事，但去中國生活，我實在很難接受。我到現在還沒接受現在的生活，在學校一個朋友也沒有，就又要我為了去中國而高興，這樣合理嗎，媽媽怎麼不能讀到我心裡的訊息呢？

「小傑，你真的滿慘ㄟ，比我慘多了……」阿樂搭搭我的肩膀，我頓時有一種解脫的感覺。阿樂看似天真的眼神，卻似乎真心對我的處境感同身受。我的心頭暖暖的。

「ㄟ，小傑，你來一下。」阿樂從板凳上起身。

我跟著阿樂走進喜旺來。他要帶我去哪裡？

「阿旺阿公，可以借一下鑰匙嗎？」

沒想到，阿旺阿公正戴著老花眼鏡，坐在桌子後面蹺著腳，就著一縷照進陰暗房間裡的陽光看報紙。他什麼也沒問，彷彿什麼事情也沒發生。頭頂上略顯稀疏的短白髮，發出柔和的光芒。

阿公從報紙後面抬起頭，微微滑落的老花眼鏡後的眼神，明亮又慈祥。他微笑著放下蹺在桌上的腳，從抽屜裡拿出一把鑰匙，遞給阿樂。

接著他又蹺起腳，看他的報紙，仍舊一句話也沒說。

阿樂接過鑰匙，領著我走到雜貨店後的廚房，打開阿公家的冰箱，拿了兩罐養樂多，遞給我一罐。

當他打開冰箱的時候，我才有機會仔細觀察阿公家的冰箱。我赫然發現，裡面竟然有可樂、汽水、紅茶等飲料，阿公平常這麼愛喝飲料嗎？

我接過養樂多，發現這罐養樂多是結冰的。

阿樂八成又猜到我沒喝過結冰的養樂多。他把瓶子的底部邊緣咬開一個裂縫，接著把罐子的底部折了下來。

「結冰的吃起來超過癮的，不過要小心，別割到嘴巴。」

我照著阿樂的方式，手忙腳亂的又滴了一地，終於吃到了養樂多冰。

「喔！」養樂多這樣吃，好像真的變美味了。

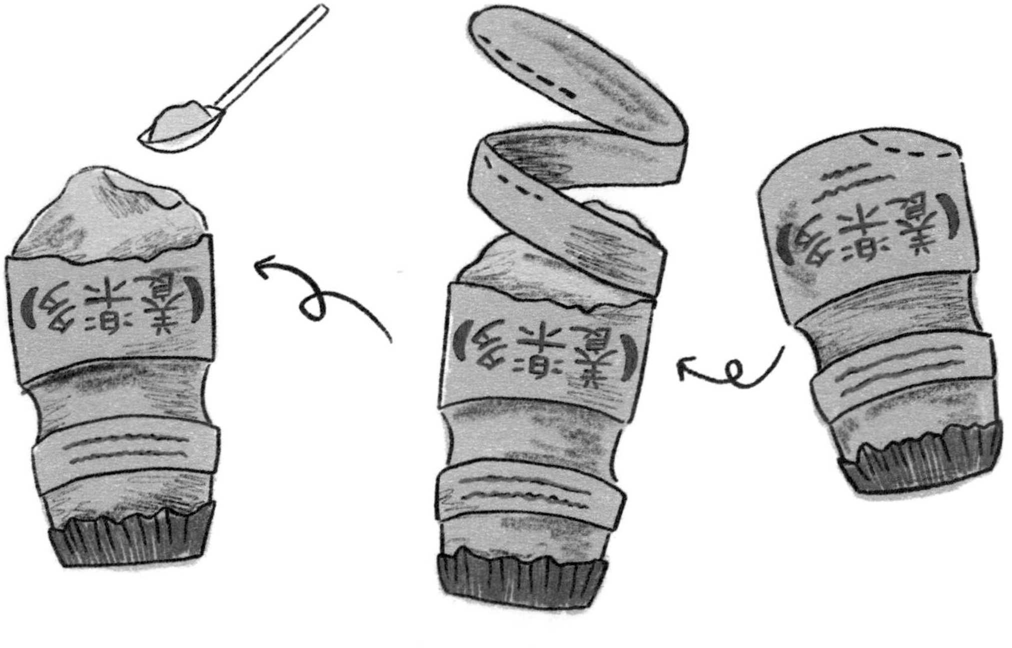

「就跟你說吧！」

「阿公的冰箱，都冰這麼多東西啊？他吃得完嗎？」養樂多冰冰的，我的舌頭都麻了。

阿樂又瞪大了眼睛，說：「那是要賣的東西啦！只是他准我隨便吃而已！」

什麼！原來我之前以為喜旺來沒有賣飲料和冰棒，是因為這些東西都放在阿公的冰箱裡！原來阿公的雜貨店，都是用自己的冰箱冰商品呀！

「走吧！到後面來。」阿樂打開廚房的後門。

原來，喜旺來雜貨店有個小後院，後院有座小倉庫。阿樂用從阿公那裡拿來的鑰匙，打開了倉庫的小門。

看起來是一間老舊的倉庫。阿樂打開鵝黃色的小燈泡。倉庫裡面放了琳瑯滿目的物品，我看得出神。

「很酷吧！這裡是我的祕密基地。」阿樂的眼睛閃閃發光，這間倉庫裡的東西，彷彿都因此像金銀財寶一樣映射著耀眼的光芒。

「你看，這顆陀螺。」他遞給我一顆小小的陀螺。

「這是以前的小孩玩的喔，是用整塊木頭去削出來的。」我才剛拿過來，阿樂又馬上把陀螺拿了回去。真是的！不過，看他渾然忘我的模樣，也就算了。

「前面的這顆釘子，是用窗戶的窗栓做成的，現在已經沒有這種窗子了。這顆可是阿旺阿公自己動手做的！是珍藏版。」

「這邊有一盒全新的，是機器做的，以前的小孩子都玩這個。」

他看出我的表情上寫著「這有什麼好玩？」

「哈哈哈！你一定跟我以前一樣，想說這個哪有什麼好玩。」

阿樂有點幸災樂禍，「我跟你保證，等一下你就知道了。」

「你看，這個叫尪仔標、這個是尪仔仙、戳戳樂……」

「嘿！要不要玩這個？」阿樂走向一台古老的機器。接上電源，打開開關，機器發出像是老式電玩的音樂聲，還有有趣的圖案……這是遊戲台……」

池上米
蜜柚

不知道是因為這些老舊的童玩本來就很好玩，還是阿樂實在太有說服力，我竟然也覺得這些老玩具其實挺有趣的。

「這些東西都是阿旺阿公收藏的。他說，時代變化實在太快了，這些小孩子的玩意兒，一下子就沒有孩子願意玩了。他捨不得這些賣不出去的商品，就收在這個倉庫裡面。」

「小傑，你以後想要做什麼？」

「啊？怎麼突然問這個？」

「我啊，想要開一家雜貨店。」阿樂的表情又認真又幸福。

「像阿旺阿公的喜旺來一樣。」

「真的啊，那很棒啊！」雖然我嘴巴上這樣說，但心裡卻想著，開雜貨店，不會餓死嗎？像喜旺來的生意好像很冷清，比起超商，簡直門可羅雀。

「你要不要打打看，陀螺？」

「我沒打過耶！」這句話有一半真一半假。以前到民俗村去玩的時候，有玩過超大的陀螺，卻沒有玩過這種小的。更尷尬的是，因為在阿樂的面前，我好像什麼都不會。

我以為阿樂又會趁機奚落我，但卻出乎意料的，他以一種熱烈的口吻對我說：「來！你來試試看！」

「要小心一點喔，聽阿旺阿公說，不小心，可是會把人的頭K出一個洞喔！」他不厭其煩的一遍又一遍示範給我看，阿樂對我的耐心，一下子變得好多好多。

我試了幾次，才把陀螺打轉起來。

「YES！」我都還沒喊出聲，阿樂已興奮的大叫，彷彿比我還高興。我在一旁忍不住笑了，接著兩個人莫名其妙笑得東倒西歪。

喜旺來的阿媽

自從上一次的事件之後，我和阿樂成了要好的朋友，雖然我們還是經常鬥嘴吵架，而小福也慢慢習慣我的存在了。

我們一起幫忙看店，整理店裡的東西、一起送貨，一起在倉庫裡玩那些古老的童玩。

甚至，我也一起和阿公學煮飯燒菜。沒過多久，我自己也可以簡單煮飯、煮粥、燙青菜、下麵條吃了。

真不敢相信，從來沒煎過一顆雞蛋的我，也能下廚。一定是我的天分和阿公很會教吧！哈哈哈！

喜旺來店裡面的東西雖然不多，但都是生活所需的物品。「什麼都沒有」的喜旺來，我現在卻覺得裡面賣的東西剛剛好。剛剛好滿足日常生活的需要。

雖然沒有點數卡、沒有微波爐、便當、漫畫和電玩雜誌，但有阿樂和小福，還有人一起煮飯吃飯，我好像變得沒那麼想去便利商店了。

現在只要有機會，我甚至連晚餐都會在喜旺來吃。有時候阿樂不在，我就跟阿公和小福一起吃。

我在喜旺來這一陣子以來，最大的收穫之一就是吃了很多從來沒吃過的東西。

「小賊，吃玉米。阿發叔拿來的。」

「小賊，吃爆米香，阿芸嬸做的，是用我們的米去爆的喔！」

「小賊，吃烤地瓜，我剛剛烤的。」

「小賊，這包水餃，你拿回去，是阿明伯包的，沒有味素的喔！」

我和阿樂、小福這個暑假一定會胖到不行。

一開始，我會懷疑有些東西「有什麼好吃」的嘛！但事實證明我才是個無敵大草包。

比如說玉米好了，新鮮的玉米用開水煮熟後撈起，還冒著熱氣，滴著滾燙的熱水，忍著手燙直接把皮像香蕉一樣剝開，然後，抹上一點鹽巴，天啊！玉米充滿香氣，又散發出清新的甜味，讓人忍不住一根接著一根啃。

「喂，你不是很不屑嗎？現

在倒是吃得很痛快嘛！」阿樂又忍不住「噱」了我一頓。不過我才不管他呢，只管啃我的玉米。

我還發現，看似沉悶的小雜貨店喜旺來，實際上有不少「檯面下」的交易。

有時候是幫忙附近的居民賣東西：

「阿來，今天有阿年拿來的菱角，很新鮮，要不要拿兩斤？價格也漂亮！」

「裕仔！我這裡有人要賣麻油，很純很香，你做生意用這個最棒了。要的話看要多少，我幫你送過去。」

更多的時候，是免費贈送：

「阿菊，你要拿些醃蘿蔔嗎？我自己醃的啦！」

「喂！我阿旺啦，要問你要不要高麗菜乾，有利仔他太太剛晒好的。」

「阿樂，阿旺阿公賣這些東西，都沒品牌，這樣可以嗎？」

我偷偷問阿樂。因為平時都吃「有把關的」超商食品，讓我不免擔心起來。

阿樂聽了，瞪大了眼睛，一副不可置信的表情說：「你去過菜市場嗎？那裡的東西都是沒牌的啊！」

嗚！又被他戳中弱點了。我從小去過的市場只有和便利商店沒有太大區別的超級市場。

「誰規定一定要去過菜市場啊！」

「吼！你真的是火星來的耶。」阿樂翻了個超大的白眼。

「還有啊，你放心啦，阿旺阿公是阿媽訓練出來的，出了名的『龜毛』，他介紹的東西都已經賣了幾十年，都是他『嚴選』過的。」看阿樂說得趾高氣昂，對阿公的崇拜溢於言表。

「是喔……」儘管如此，我一時之間還無法適應。

許多附近的居民，或多或少都會來喜旺來買些日常雜貨。比如說醬油、味精、鹽巴、醋一類的，種類不多，但總會有人三不五時需要。

阿旺阿公有時候也很「雞婆」，會對客人嘮叨一下：

「有些年歲了，不要吃太鹹！」

「盡量不要吃味素啦，比較健康！」

奇妙的是，客人們雖然嘴上說著：「吼！你越來越雜念，管很多耶！」或者「好啦！知道了啦！」臉上卻總是掛著笑容。

今天，我聽見一位老客人對阿旺阿公說：「你和你老伴越來越像。」阿旺阿公聽了，臉上浮起靦腆憨直的微笑。

這個鄰居沒有惡意，但實在太不小心，難道不怕讓阿旺阿公想念起妻子，感到難過嗎？

鄰居走後，阿旺阿公似乎有些低落，一定是想念阿媽了。

阿公站起身，走到店後頭去，對著牆上阿媽的照片喃喃自語：

「老伴啊，人家說我越來越像你啊！甘真正是這樣？」

說著說著，阿公對著相片微笑起來。

這時，我的衣角被扯動。只見阿樂用食指比著「噓！」，還招手要我過去。

「阿公在跟阿媽說話，你不要吵他。」阿樂神情肅穆的說。

阿樂和我來到放舊東西的倉庫。

「阿旺阿公和阿媽的感情一定很好齁？」我問。我想起我的爸爸和媽媽，他們的感情算好嗎？

「當然囉！」嘟著嘴巴的阿樂，真的像個幼兒園的小男生。

「阿媽很疼我，可是每次我搗蛋，她都會處罰我。」阿樂低著頭，「可是，每次處罰完，就會告訴我哪裡不好，然後摸摸我的頭，要我當好孩子。」

真奇妙，沒想到阿樂對阿媽的回憶，竟然是處罰他。

「阿媽的眼睛和聲音很溫柔，搞不好比我媽媽還溫柔……」

「你們兩個，在聊阿媽的事嗎？」

哇！打開門的，竟是阿公，這下尷尬了。

「呵！呵！呵！說到你們阿媽齁！」出乎意料之外，阿公竟然笑了起來。「小賊，你沒看過她，大概不知道她是什麼樣脾氣，我來告訴你好了。」

我以為阿公會難過或者生氣，因為他平常從來不談阿媽的事情。當他說「你阿媽」時，彷彿他們就是我真正的阿公和阿媽一樣。

「這家喜旺來雜貨店，是你阿媽的爸爸的。你阿媽人直爽，又很愛管閒事……」阿公說到「管閒事」時，臉上卻滿是笑意。

「我在遇到你阿媽之前，曾經是脾氣火爆又亂七八糟遊手好閒的人，後來被她收服，像孫悟空遇到如來佛那樣。她完全不怕我；

其實她什麼也不怕，看不順眼、不公道的就會管，就跟我丈人一樣，父女兩個附近管透透。從來沒人管得動我，偏偏就被她管死死，然後也跟著管閒事了。哎喲，不好跟你說太多阿公過去的事，你會嚇死！」

我真沒想到，阿公說起過去的事時，不是充滿哀愁和喟嘆，而是充滿緬懷和快樂。

「我名字裡有一個『旺』，所以，你阿媽說我注定好要來這邊的。喜旺來，就是歡喜阿旺來啦！哈哈哈！」平時的阿公看起來有些木訥，談起阿媽的事情時，竟笑得像個孩子一樣。

「說正經的，她不僅做菜好吃，對人也真好，附近很多少年人都說她像媽媽一樣。尤其是外地嫁過來的，或者是出外打拚的人。我做生意、做人都輸她一大截，也都還要跟她學……」

「她也很愛孩子，像阿樂、阿喜的女兒，她都當自己的一樣在疼，雜貨店裡以前賣很多玩具，也不是主要用來賺錢，就是希望孩子歡喜啦，可惜自己就沒有，不然更熱鬧……」

原來，阿公和阿媽真的沒有孩子啊……

「哎唷！不好意思啦，跟你們說這麼多，老人講古，一定很無趣味。」阿公搔搔頭。

「不會不會，故事很好聽！係金A啦——②」我連忙回答！

「好啦！阿公現在要來去煮綠豆湯，要不要吃？」

「要！讚啦！」我和阿樂都跳起來歡呼！

「阿樂，你帶小賊去買一點清冰回來！」

「好！」

②台語「是真的」的意思。

可疑大叔

我們一面吃著冰涼的綠豆湯，一面看新聞。

突然，一則新聞吸引了我們的注意。

「……最近ＯＯ縣ＸＸ社區一帶虐待動物事件頻傳，有人蓄意虐待流浪動物，手法極其殘忍，請附近居民密切注意可疑人物……」

「啊？是我們社區？」我驚訝著。

「我剛剛在路上看到有人在看這個報導，想說別台一定也會有，還好有看到。」

說。

「八成就是那個把小福弄成這樣的壞蛋。」阿樂忿忿不平的說。

小福在一旁聽了，發出一聲哀鳴。

「啊，你很可愛啦，我不是在說你壞話啦！對不起，讓你誤會了。」阿樂摸摸小福的頭。

「說不定，就是我們社區裡面的某個人，兇手……就在我們社區裡面！」阿樂一定平常看太多《名偵探柯南》了，口氣跟動畫裡沒什麼兩樣。

「這也就是說，除了小福以外，還有其他的小動物也被虐待了？」這則新聞實在令人不舒服。

一旁靜靜看新聞的阿旺阿公，突然說話了。

「現在的社會，真的破病了。可憐的動物，可憐的人。」

「可憐的人」指的是什麼？

「我一定要抓到這個可惡的變態！」阿樂握著拳頭，全身散發驚人的氣勢。

「你喔，小心不要被變態抓去。」我揶揄他。

「我才不怕咧！該不會你怕吧！」這阿樂，簡直就是防彈的，怎麼攻擊他都會反彈回來。

「誰怕啊，我們一起去抓！替小福報仇。」

「不，我自己一個人就可以，來比賽看看誰先抓到變態。」

「好啊，看誰先找到。」我嘴上這麼說，心裡卻想著，阿樂實在太天真了，這麼久以來這個歹徒都是暗中欺負貓狗，一定是刻意隱身的，哪有那麼容易找到啊？而且說真的，要是真的遇到了，一個小學生，又能做什麼？搞不好發生危險。

「你們兩個，都不要亂來，很危險，讓警察去抓就好！」阿公看我們兩個說得認真，出聲警告。

「來！小福！阿樂哥哥幫你報仇！」阿樂不知道到底有沒有聽到，逕自和小福玩了起來。

算了，他八成也是隨便說說而已。

下午，阿公拿賣辣椒醬和肉粽的錢去給阿春姨和徐阿姨，要我和阿樂看一下店。

當阿公出門後，阿樂不知想到什麼，說要帶著小福出去運動。

「幹麼這個時候去運動啊，那我不就一個人看店。」我抱怨。

「哎唷，你很計較耶，平常我一個人看店都那麼多次了，你你偶爾輪一下不行喔。」說完，阿樂就跑掉了，真不夠意思。

奇怪，阿公今天去了半個小時還沒回來，阿樂也是。

當我一個人練習看鄉土劇，正開始覺得有趣的時候，一個中年大叔，出現在門口探頭探腦的。

「請問您需要什麼呢？」我盡可能表現得像是一個專業的雜貨店員。

「阿旺伯不在嗎？」大叔小心翼翼的確認。

「阿公出去一下，快回來了。」

「那請問阿樂有在這邊嗎？」大叔這時怯怯走進店裡。

咦？竟然是找阿樂的？

「他也不在，請問您找他什麼事呢？」

「啊……沒……沒事……。」他的神情中有股落寞。

「老闆剛好出去。請問您有什麼事嗎？」我覺得有些不對勁，又問了一次。

「沒事、沒事啦。」大叔神色匆匆的離開了。

這個奇怪的大叔讓我緊張了一下，還好沒發生什麼麻煩的事件。你知道，就是搶劫還是什麼的。

過了一會兒，阿旺阿公回來了。

「唉呀，不好意思，今天跟阿春的孩子多玩了一下，讓你們看店。」

「不會啦，才一下子而已，又沒什麼。」

「咦？阿樂咧？怎麼沒看見人。」

「他說要帶小福出去玩。」

「這孩子，有了你就開始偷懶，還是小賊比較乖。」聽了這話，我挺得意的。

「對了，阿旺阿公，剛剛有個叔叔，來找阿樂。」

阿旺阿公聽了，馬上轉過頭來，警覺的問：「找阿樂，長什麼樣子？」

我把那個大叔的樣貌向阿旺阿公形容了一下。阿旺阿公一面聽，眉頭深深鎖了起來。

「阿旺阿公，怎麼了。」

「那個是阿樂的爸爸。」

「爸爸？」

阿樂從來沒提過他爸爸。

我曾經問過他爸爸的事情，他只輕描淡寫的說：「我爸和我媽離婚了。」平常嘻嘻哈哈的他，臉上的表情看起來有種傷心，又帶著倔強，我就不想多問了。換作是我，我也不喜歡別人問我爸爸的事情。這一點，多少也讓我覺得我和阿樂更親近了些。

不過，說起他的媽媽，阿樂可就得意了。他的媽媽在飯店擔任清潔員，工作很辛苦，而照阿樂形容的，是一個「全世界最溫柔的媽媽」。

阿樂小時候住在南部鄉下，後來因為爸媽工作的關係，搬到這附近來。

說起來好笑，同樣的地方，我卻感覺是從大城市搬到「鄉下」。

總之，阿樂媽媽的工作時間相當長，有時候半夜也要去工作。

阿樂和媽媽平時經常到喜旺來買東西，漸漸的就和老闆熟起來了。據阿樂說，阿旺阿公和阿媽，把他當自己的孫子一樣疼。這點我完全同意！我看得出來阿旺阿公對他十分照顧。

所以，當阿樂媽媽出去上班的時候，阿樂就跑到喜旺來。現在是暑假，阿樂待在這裡的時間也就更多了。

所以算一算，阿樂在喜旺來的時間，應該也超過兩年了，難怪他對這附近的人都那麼熟悉。

阿旺阿公面色凝重，連忙拿起電話撥號。

……顯然是沒人接，阿旺阿公又試了幾次。

「奇怪，怎麼她媽媽手機沒人接？家裡也沒人接？」

「阿公，到底怎麼了？」

「小賊，我們一起去找阿樂！」阿旺阿公沒有直接回答我的問題。他匆忙走出店外，我跟了上去。

「阿樂的爸爸，會打他和他媽媽。」阿旺阿公一邊騎車一邊跟我說。

「打？」我一時不敢相信。以前爸爸媽媽偶爾也會「修理」

我，但一定跟阿旺阿公說的不一樣。

「打得很兇殘，整個身體都是傷。」

車子轉了幾個彎後，阿旺阿公停下車。我沒去過阿樂家。

這附近最多的就是老公寓，阿樂住的地方也是。

「來，先找人再說。」

阿旺阿公帶著我上樓。樓梯狹窄又髒亂，跟我現在住的地方很不相同。

上到三樓，阿旺阿公按了其中一家的門鈴。

「這裡是阿樂家嗎？」

阿旺阿公點點頭，又按了一次門鈴，仍舊沒人回應。

阿旺阿公於是轉向另一戶人家。

另一戶的門鈴是壞的，阿旺阿公只好用力敲了敲門。

門打開了，門後的婦人顯然正在睡覺被吵醒，口氣挺不耐煩的。

「按怎？」

「歹勢，請問您有無看到對門的太太和小孩？」

「我們沒在往來啦，不過，剛剛有聽到他們家小孩子出門去的聲音，我不知道去哪。」

話才說完，碰一聲，門又關上了。

出去了？去哪裡呢？阿旺阿公大概也和我一樣，正想著這個問題。

「需不需要報警啊？」我問。

「先找找看，不行，就只好報警了。」

「要不要再打一次電話給阿樂的媽媽看看？」

「好啊，不過，我沒有手機咧。」阿公有點無助。

「我有！」我拿出手機：「阿公記得號碼嗎？」

「09XX325556。」阿公的記憶力還真好啊！

嘟了幾聲之後，這次接通了！我連忙把手機拿給阿公。

「喂！阿蘭，我是阿旺伯啦，你家阿樂有和你在一起嗎？」

「沒有？！」

「沒事啦，我沒看到他人，不知他跑哪去。對了，你知道阿財來找他嗎？」

聽到阿樂的爸爸來找阿樂，他媽媽似乎聽起來十分焦躁不安，聲音大到我都聽得見。

「你先不用急，我再找找看，應該只是在附近，免煩惱啦！」

阿公自己也很焦慮，仍一面安撫阿樂媽媽。

「小賊，你的手機可不可以再借我一下。」

「當然可以！」

「我打幾通電話，我再給你錢。手機費很貴。」

哎喲，都什麼時候了，還這麼客氣！

「……ㄟ……這我不會用，你幫我一下！」

哇啊！

阿公在我的協助下，撥了好幾通電話。我在一旁聽，原來是打給喜旺來的熟客，請他們幫忙找阿樂。

阿公把每戶人家的電話或手機號碼都記得一清二楚，他請他們如果看到阿樂，就馬上打電話到我的手機。

接著，我們兩人離開阿樂家的公寓，騎著腳踏車四處尋找。

阿旺阿公和我在附近繞了好幾圈，仍舊沒有發現阿樂的身影。

阿樂究竟跑到哪裡去了？還是……被自己的爸爸綁架了呢？

「阿公，阿樂的爸爸是什麼樣的人啊？」

120

「唉！」阿旺阿公嘆了一口氣。

阿樂的爸爸平時沒有固定的工作，而且常常喜歡「喝兩杯」，失業之後酒喝得更兇；加上情緒不穩定，竟為了一件小事，發起酒瘋動手把自己的太太和阿樂打得鼻青臉腫。阿樂趁著爸爸醉倒的時候，跑到喜旺來去求救，這件事情才爆發出來。阿旺阿公和阿媽，也才知道阿樂的爸爸平時就會揍老婆和小孩，並且恐嚇他們不能對別人說。

「阿媽和我氣壞了，去把阿樂他爸爸修理了一頓。唉，都怪我們太晚介入，本來想說是別人家的事情，不好管太多，結果……」

阿旺阿公滿是歉意和遺憾。事情已經過了那麼久，想必阿旺阿公一定相當自責。現在我知道為什麼阿樂不喜歡提到自己的爸爸了。

「那時候，他爸爸發酒瘋，我跟他爸爸打了一架，兩個人都縫了好幾針……。」

「那……後來呢？」看著眼前頭髮稀疏花白的阿旺阿公，很難想像他和阿樂爸爸打架的樣子。

「後來……我們去找警察，他們夫妻就離婚了。他爸爸被限制不能接近他和他媽媽。」

原來是這樣，那他爸爸怎麼又出現了？

彷彿看透我的心思，阿旺阿公接著說下去：

「不知道他爸爸在想什麼，這時候跑來，讓人真煩惱。」阿旺阿公手插著腰，瞇著眼睛

「沒辦法了，來去報警吧！」

天啊，報警，我從沒想過自己有機會到警察局去。

阿樂到底在哪兒？真令我擔心。

正當我們要動身前往警察局的時候，只聽見阿旺阿公突然放聲大吼：

「阿財！你把阿樂帶去哪裡？」

一個年近七十的阿公，竟然能發出那麼劇烈的吼聲，實在太令我訝異了。

原來，眼前出現的一個人影，竟是剛才那個來找阿樂的大叔，阿樂的爸爸！

阿公衝上前去，一把扭住阿樂的爸爸。

「你說！你做了什麼？」

「阿旺伯！你在說什麼？我不知道？」阿樂的爸爸一臉委屈。「我家阿樂不見了嗎？我正要去你店裡看看他。」

「你別想騙我喔！你不能接近阿樂和他媽媽，你自己知道！把人交出來！」

「阿樂沒在店裡，也沒跟他媽媽在一起嗎？我……只想看他一下，看他好不好而已！」阿樂的爸爸似乎也著急起來。

「我不相信你！」阿公掄起拳頭，作勢要打人。天啊，一切都快要失控了。

我趕忙插到兩人中間，抓住阿公的手。「阿公，等一下啦，不要打人。」

我的腦筋亂成一團。

阿公和阿樂他爸爸一個盛怒、一個委屈，這時都停下動作。「阿公，我們先回去啦，再找一下看看。」我握著阿公的手，安慰著阿公，阿公的手氣得都發抖了。

「叔叔，您先請回，有沒有找到阿樂，我會打電話給您。請您留電話給我。」知道了阿樂爸爸之前曾經傷害阿樂和他媽媽的事情後，我實在無法對眼前這個看起來老實又有些軟弱的男人放心。

「真……真的嗎？」阿樂的爸爸知道自己不好再留在這裡。

「嗯，請給我手機號碼，我會用雜貨店的電話打給您。」

「謝……謝謝！請一定要讓我知道。」叔叔的眼眶泛紅。

我望了望阿公，阿公面無表情的點點頭。

「謝謝！阿旺伯，多謝你照顧他們，我對不起你們。」阿樂爸爸懇切的說。

「唉！你趕緊走吧！」阿旺阿公雖然有點心軟，但顯然還沒辦法原諒他。

目送著阿樂爸爸頹喪羞愧的背影，我的心中，百感交集。

我的爸爸，現在正在做什麼呢？

當我們回到喜旺來時，阿春姨著急的在店門口張望。

「找到阿樂了啦！」

「什麼？在哪裡？」阿公激動得大喊。

話才剛說完，只見一輛小貨車駛了過來，是阿進叔的車。

車門打開，只見阿樂和小福從車內跳了下來，看起來一點事情也沒有。

「你跑去那裡了？」阿公和我幾乎同時喊出聲。

阿樂似乎被我們嚇了一大跳。「我……我去……找……欺負狗的變態啊！」

「你這孩子，要去哪裡也不說一聲。你知道多少人在找你嗎？」阿公真的生氣了，但那生氣背後的理由，是關心、是擔心。

「阿……阿公，別生氣啦！」

「你怎麼不找小賊一起去？」

「我……我想自己抓啊，我們在比賽。而且我……」

「誰跟你比賽啊？」我聽了都快暈倒。「我沒有在找啊！」

「什麼？你沒在找，你不想替小福找兇手喔！」阿樂大概認為我很沒「義氣」吧！

「你帶小福出去，不怕壞人又看到他，又想害他嗎？」我問。

「小福如果看到誰會害怕或生氣，我就知道那就是壞人啦，像雷達一樣，不是嗎？」阿樂得意洋洋的說。

「你這孩子，空空喔③！你會被壞人抓去喔！」面對阿樂的天真，阿公顯然也快暈倒了。

「好了！現在不是在講這個的時候啦，趕快跟媽媽報平安要緊。」阿春姨連忙出來緩頰。

「對啦對啦！人找到就好。」阿進叔也跟著說。

阿春姨領著阿樂，進去給他媽媽打電話去了。

「你是在哪裡找到他的？」阿旺伯問。

「我在大橋那邊找到的，他帶著小狗，正準備過橋。」

「走那麼遠喔！」

「對啊，這孩子，真的很熱心，就跟阿旺伯一樣。」

「我？我才沒那麼『天』咧！」

阿樂打了電話給他媽媽報平安時，被他那全世界最溫柔的媽媽臭罵了一頓。

那天下午，我的手機和喜旺來的電話響個不停，大家都來關心阿樂的下落。

而知道阿樂「平安尋獲」之後，還有不少人都專程過來問候

③台語「傻傻」的意思。

阿旺阿公和阿樂。當然，又少不了一堆點心：炸蚵嗲、黑輪米血、仙草冰……阿旺阿公也不斷泡茶請大家喝，大家聊阿樂的事、聊往事，大熱天裡，暖烘烘的香氣和談笑聲，從喜旺來小小的門窗滿溢而出，屋裡，卻沒有人抱怨太熱哪！

應援團

經過了這一天的意外事件，回家的時候我覺得心情好愉快！我已經好久好久沒有這麼開心過了。

雖然過了一個漫長痛苦的學期，但現在，我有阿樂這個好朋友，還有可愛的小福，也認識了許多有趣的長輩。去喜旺來，不僅不無聊，還可說是有趣極了。

我甚至覺得，住在這裡真好，比以前住的大樓還要好。

當我帶著喜悅的心情，回顧這精采的一天，打開家門，赫然發現媽媽竟然已經在家了。

糟糕，媽媽什麼時候回來的呢？

媽媽坐在沙發椅上，背對著我，我看不見她的表情，而她也沒有任何問候。

「媽！你今天怎麼這麼早回來，也沒跟我說一聲？」

「兒子，你過來。」那是媽不開心時，特有的冷漠語氣。

「你手上拿著什麼？」

「……水餃。」

媽媽從來沒有嚴厲責罵過我，甚至連板起臉孔也沒。但此刻她臉上的表情，並非冰冷震怒，而是一種灰心、喪氣、絕望的模樣。

「哪裡來的？」

「……人家給的。」我實在沒辦法撒謊。

「你最近，是不是根本就沒有去圖書館？都去哪裡了？」

「我……我……去……一家……雜貨店。」

「去幹什麼呢？」

「去……去……」我語塞。「我以後不會再去了。」

「你真的讓媽媽太失望了。」媽媽依舊沒有兇我，一臉倦容，用毫無生氣的語氣說著：「你不僅不用功，不能自己約束自己，甚至還欺騙媽媽，去拿人家的食物，媽媽給你的零用錢應該很夠用了才對。」

媽媽說完站起身，往臥室的方向走去。

「媽媽那麼努力賺錢，要幫你爸爸還錢，要給你過好的生活，還要想辦法存錢讓你以後可以出國讀書，結果你……太讓我失望了。」

媽媽的房門關上，只剩下我一個人在客廳。

我低著頭，感覺到羞愧、憤怒、還有更多的不滿、不服氣，但我還是不敢頂嘴。媽媽說的，我其實都知道啊！我生了一晚的悶氣，最後還是決定，聽媽媽的話，讓媽媽消氣。想想媽媽的確背負了很大的壓力，我實在太不應該了。

暫時別去喜旺來了吧！先好好讀書、寫功課，上網學英文。

唉……

可是，媽媽怎麼只問我錢夠不夠花，想不想出國讀書，怎麼從不問我，開不開心？想要做什麼呢？

想起小福、阿旺阿公和阿樂，還有喜旺來，我真是捨不得。

媽媽啊，別生氣了，我聽話，好嗎？

第二天，我因失眠翻來覆去了一整晚，睡得比平常晚。

走出房間，我卻發現媽媽竟然還沒出門。媽的房門是開著的，媽媽躺在床上，似乎不想起床。我走進去叫了叫她，想問她要不要一起出去吃早餐，可是媽媽只是哼了一聲，把棉被拉得更高，露出凌亂的頭髮。

媽媽的手機響個不停，她卻一點反應也沒有，這有點不尋常。平常媽媽總是手機不離手的，鈴聲一響也總是第一時間接起。

「媽，你的手機響了。」

「嗯……」媽媽雖然回答了，卻沒有起身。

「媽……你沒事吧？」我又擔心又自責，是不是被我氣病了？

「沒……沒關係……我休息一下……就好……」媽媽的聲音聽起來很疲憊。

媽媽一定是太累了，才會這麼想休息，讓她好好放假一天！

我乖乖的拿起暑假作業，還有筆記本，放進書包裡。今天早上先到圖書館。

「我去圖書館喔！真的。」

我忍住去喜旺來的衝動，老實前往圖書館，在裡面待了三個鐘頭。

回家前，我又進超商去買了便當和飲料，才赫然發現，我已經好久沒有吃超商的便當了。

我在店裡吃了一口，味道是那麼的熟悉，而自己一個人吃飯的感覺，也再一次湧上心頭。

匆匆扒了幾口，我就吃不下了。媽媽不知道出門了沒有？

回到家，我發現媽媽竟然還躺在床上，似乎完全沒有移動過。

「媽！」我衝到床邊，搖了搖媽媽的身子。沒想到媽媽

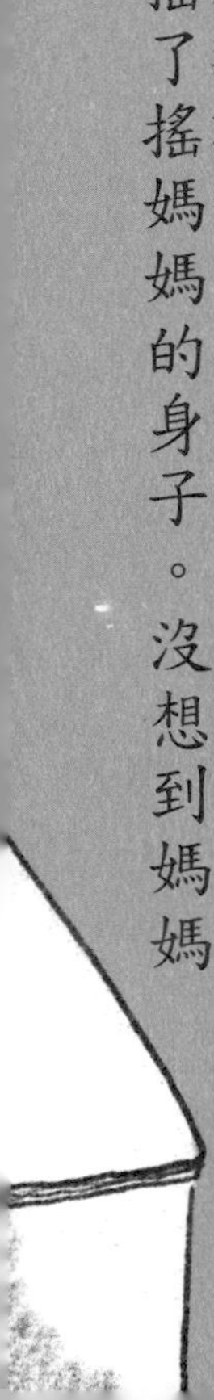

的身子竟燙得像火，摸了摸媽媽的手心，卻是冷冰冰的。

媽媽悶哼了一聲，我又接連叫了幾聲，她仍舊沒有起身。我該怎麼辦呢？

樓下媽媽的朋友向來對我們不太友善，我不想去拜託她。

我一下子慌了，怎麼辦？該叫救護車嗎？天啊，我現在發現

我竟然不知道這裡的住址！

像是反射一樣，我馬上打電話到喜旺來。

「喂，喜旺來！」是阿樂的聲音。

「我是小傑，阿公在嗎？」

「小傑！你怎麼還不來啊？我等你半天了耶！快來啊？」阿

樂有點不爽。

「等等，你先趕快叫阿公來聽！快一點！」我著急大吼。

「好啦，兇什麼啦！阿公！」電話那頭傳來阿樂的叫喊聲，

「小賊——要找你！」

這傢伙，幹麼這時候學阿公的台灣國語啊？

「來了來了！小賊喔，怎麼啦？」

我慌慌張張的將媽媽的情形告訴阿公，阿公要我別慌，叫我描述一下旁邊重要的地標，和我騎車到喜旺來的路線。

我形容了半天，連自己都不太確定說得正不正確了，阿旺阿公卻只是「嗯！嗯！嗯！」，然後說：「你在家裡等著，免驚。」

聽阿公說了「免驚」，我那高高懸著的不安，慢慢降落到地

面。

稍稍冷靜下來之後，我去倒了一杯溫開水，媽媽卻連起身喝都有困難，我只好無助的等著。

過了一會兒，我聽見救護車「歐伊歐伊」的聲音，接著手機也響起。

是阿公打來的。

「小賊，你先出來一下，阿公在附近。」

我連忙衝下樓，看見救護車和騎著摩托車的阿公就在附近，我連忙招手。

「這邊！這邊！」

阿公陪著我，和媽媽一起搭救護車到醫院去。

檢查的結果，醫生說媽媽是過度勞累加上感冒，沒有大礙，要先在醫院打點滴，回家更需要好好休息幾天。

「對了，阿公你哪裡來的手機啊？」在等媽媽的時候，我突然想起。

「歐！你看！」阿公興奮的拿出他的手機，像是得到新玩具的孩子一樣，「你阿進叔叔辦給我的！送得真是時候！」

「哇！真的耶！」阿公也有手機了，以後要聯絡更方便啦！

打了點滴，經過一陣休息之後，媽媽總算稍微恢復精神了。

我向她說明了一下到醫院的經過，還有阿旺阿公的幫忙。

「阿伯，謝謝您，讓您麻煩了。」媽媽感激的說。

「不要緊啦！別那麼客氣，你家小賊，很懂事喔，又很有愛心，幫我很多忙捏！」阿公靦腆的笑著。

媽媽看著我，說：「真的？小傑這麼棒？」

「哎唷，我回去再跟你說啦。」當著媽媽的面被人稱讚，我還真不好意思。

出醫院後，阿公又幫我們叫了他熟識的計程車司機送我們回家，並且還回到我家門口等我。

「阿公，不好意思，可不可以再請您幫我一個忙？」阿公要回去之前，我用悄悄話跟阿公交談了一下。

「呵！呵！」阿公笑得很開心。「沒問題！」

「你和阿公說了什麼？」媽媽好奇的問。

「祕密！」

我帶媽媽回房間休息，媽媽擔心著晚餐，我請她不用操心。

「如果不知道要吃什麼，那就去超商買個便當吧？」

「就教你別擔心，好好睡覺吧！」

「嗯。」吃了藥的媽媽，一下子便昏昏沉沉睡著了。

「逼拎晡哩兵！」我的手機傳來簡訊的通知。

「小賊，我阿樂，在門口，速下樓！」

結果不是阿公，竟是阿樂！這傢伙，傳什麼簡訊啊！

當我下樓開門，看見他的淑女型腳踏車前方的車籃，載滿了來自喜旺來的「補給品」。

「ㄟ？怎麼連你也有手機？」

「我哪那麼好命啊，是阿公借我的。」阿樂一臉關心。「我聽說你媽媽的事情了，我來幫忙！」

「你可別幫倒忙就好。」見到他，我真開心！但還是不免要鬥嘴一下，過過癮。

「才不會，你別忘記，我是你師兄耶。」原來阿樂以師兄自居呀！

「是是是，你厲害。」說實在，有阿樂幫我，我更有信心。

我們提著大包小包，躡手躡腳進了屋子。阿樂仔細打量了我現在的家，感慨的說：「嘿！你真的不是有錢人。」

「以前可能是，現在真的不是。」

「不過，還是比我家豪華啦！」阿樂用手肘頂了我一下。

「好啦，那都不重要。」

「對啊，根本就不重要，我們開始吧！」

接近一個鐘頭之後，我端了一碗熱騰騰的虱目魚肚粥，和一份蔥花蛋進媽媽的房間。平常她是絕不能接受在房間吃飯的，但今天，我是一家之主！

「媽媽，喝點熱粥！」

媽媽揉揉惺忪睡眼，慢慢起身。「熱粥？你去哪裡買的？」

我想媽媽一定其實想著，「這個衛生嗎？」一類的問題。我

連忙回答：「這是我煮的！放心，沒有味精，只有大骨和蔬菜高湯，衛生又安全，營養又健康！」

媽媽聽了，一副不敢置信的模樣：「你——你煮的？」

「對！我．煮．的！」我可得意著。在媽媽的記憶裡，我應該還是那個從來沒有進過廚房，拿過鍋鏟的兒子吧！「不過，有個朋友來幫我啦，在雜貨店認識的，希望你不會介意。」

媽媽搖搖頭，眼眶泛著淚水，接過粥，嘗了一口，眼淚滾了下來。

「好好吃。」

「真的？」

「真的！」

我把我到喜旺來，和阿公教我煮飯的經過都告訴媽媽，媽媽默默聽著，似乎若有所思。

「媽媽，你不高興嗎？」我花了那麼多時間在雜貨店，媽媽卻全然被蒙在鼓裡，大概不太開心吧！

「沒有，」媽媽伸出手，摸了摸我的頭。「我的寶貝，不知不覺中，長大了呢！媽媽高興都來不及了，而且媽媽竟然都沒有發現，媽媽好自責。」

「不會啦，媽媽很辛苦，我都知道啊，我會煮飯，以後就可以煮給你吃，也算獨當一面了對不對？你別哭了，我會不好意思。」

「好！好！」媽媽頻頻拭淚。

「對了，你不是還有朋友在？」

「啊！對喔！」我這才想起阿樂在外面等我吃飯。

「趕快去招呼朋友吧！難得有好朋友來！」

「好！媽媽吃完，放在旁邊桌上就好，我會再來收拾。」

我快快走出房門，怕阿樂在外面等得不耐煩。結果，發現他早已經津津有味吃起來，還配著我的恐怖故事書，那本被我丟在一旁的《殭屍在我家》。

「吼！你很自動耶！」我又好氣又好笑。

「哎唷，等很久耶！」他一點也沒有不好意思的樣子。「我還幫你多煎了三條香腸，阿來嬸要給你的，對你很好吧！」

「三條！你要肥死我啊！」

「不吃，我自己吃。」他說著又插起一條送進嘴巴。

看了阿樂怡然自得的模樣，我也就跟著大吃起來。

自己煮的飯，真的比較好吃呀！而且有家人一起吃飯，永遠都是最棒的！

「ㄟ，這本《殭屍在我家》超讚的，經典耶，好看！」阿樂興奮的說。

這傢伙的品味，我簡直暈倒！

什麼都沒有的喜旺來

之後，媽媽的工作，仍舊忙碌，但她總會找出時間和我一起吃飯，有時候甚至還邀請阿公和阿樂一起出去吃，或者一起到喜旺來吃阿公煮的飯，我們也成了那裡的熟客。我也繼續到喜旺來去幫忙。

從一開始認為「什麼時代了，還有這種落伍的雜貨店」，我現在卻希望「喜旺來永遠不要消失」。而感受到喜旺來溫暖的人們，也會繼續支持著喜旺來吧！

我不知道其他的老雜貨店，是為了什麼原因而不再繼續經營下去，或者和喜旺來有什麼不同。但我想，這附近的的人們，都一定是因為感受到阿旺阿公和過世的阿媽的溫暖，才持續光顧、聚集在喜旺來的吧！即使沒有明亮的光線和舒適的空調，卻能得到真心的問候和關心；即使買不到超商裡那些琳瑯滿目的商品，卻有更多超商買不到的無形寶物。

到現在，「喜旺來」還是一樣，有點陰暗，不太起眼，就像是一間路旁神祕小廟。阿公和阿媽，便是附近居民的土地公和土地婆，永遠默默守護著大家。無論是流浪狗小福、阿進叔、徐阿姨、阿春姨、阿樂、阿樂的媽媽、甚至我和媽媽……都因為喜旺來而有了依靠；我想，即使有一天我不得已必須離開這裡，喜旺來阿公和阿媽對人的關愛，將會在我的心裡一直延續下去，永遠那樣溫暖。

酒菸
吉利果
XO醬
泡菜
豆瓣

黑松
養

喜旺來的家常料理

● 大廚：阿旺阿公
● 水腳（就是助手的意思）：阿樂
● 阿樂記錄

果不其然，小傑也愛上了阿旺阿公的飯菜，他從礙手礙腳在廚房裡什麼都不會的人，到現在可以幫忙煮飯，甚至自己下廚煮粥給媽媽吃，還真不是蓋的！其中小傑最愛吃的料理應該就是這幾樣：

虱目魚肚粥

材料

● 虱目魚肚、前一天煮的白飯、芹菜、胡椒、蒜酥、小白菜

我學到的作法

煮虱目魚粥真的很簡單，只是食材準備要很用心，如果前一天有多餘的白飯，阿公會冰在冰箱裡，隔天早上去買虱目魚肚，切成幾塊，青菜也切成小小的，把香香的蒜酥加到高湯裡、再放進虱目魚肚和白飯，最後放進青菜，再用胡椒和鹽調味，就完成啦。

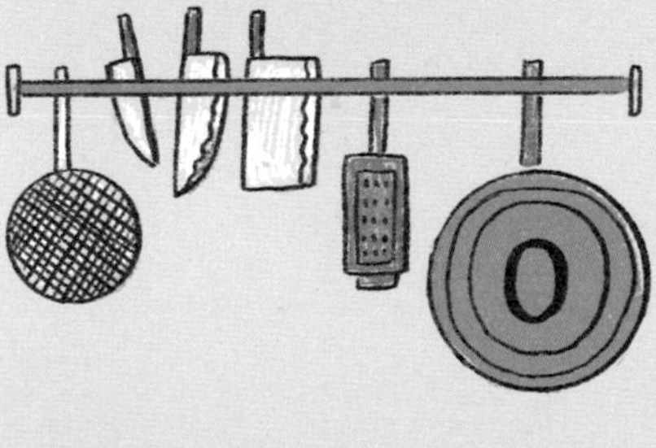

蔥花蛋

材料
- 雞蛋、青蔥、鹽或醬油

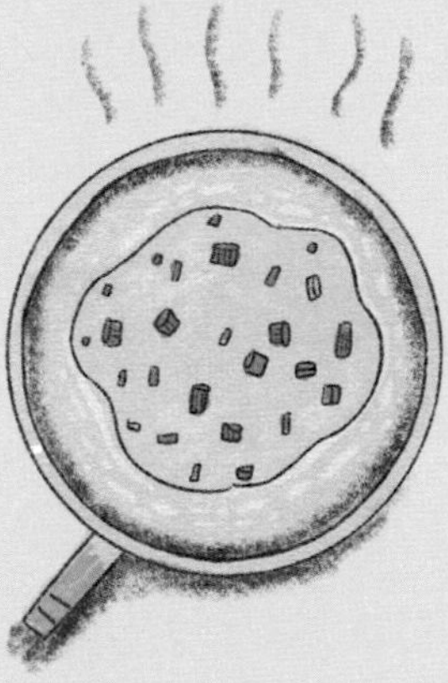

阿公的作法

煎蔥蛋之前，鍋子旁會有三盤食材，分別是切細的蔥較白的部分、較綠的部分，還有打好的蛋液。鍋子加油加熱後，先炒蔥白、再倒入青蔥和蛋液，最後撒上一點鹽。

我和小傑的作法

今天下午我和小傑突然覺得肚子餓，我們把蛋打散後，把蔥花和鹽一起加在蛋液裡，攪拌後下鍋，又快又方便。

醃蘿蔔

材料

- 一條白蘿蔔、薑、大蒜
- 調味料：鹽、日式醬油、醋、蜂蜜、水

我看到的作法

我最喜歡和阿公一起醃蘿蔔，好像在做實驗一樣。我們會先把白蘿蔔洗乾淨，削皮之後切成一片一片，放一些鹽均勻混在一起，等待至少半小時。半小時之後會有一些水跑出來，把水倒掉。接著把薑片、蒜片、醬油、醋和蜂蜜加進去，再倒入蓋過白蘿蔔的水，放進冰箱裡。隔天就是超級清爽又配飯的醃製白蘿蔔。

徐阿姨南部粽

材料

- 糯米、花生、滷肉、鹹蛋黃、小香菇、蝦米、油蔥、栗子
- 必備工具：粽葉、棉繩、一個可以放入整串粽子水煮的大鍋子

徐阿姨的粽子不僅深受鄰居歡迎，也是我想到就會流口水的食物，我有幾次待在徐阿姨旁邊看他包粽子看到入迷呢！

我看到的作法

把米和花生洗乾淨，一起放進炒鍋裡面簡單翻炒，讓花生均勻分布。滷肉是阿春姨前一天就先滷好了，接著要把鹹蛋黃、小香菇都切半，蝦米、油蔥和栗子都放在各自的盤子。

最神奇的還是包粽子的手法，阿春姨會熟練的把粽葉凹成一個漏斗狀，先把糯米花生放入，其他材料依序加進來，再用糯米花生填滿，接著把粽葉往下折，弄出一個類三角形用棉繩綁起來。

在鍋子中放大約七分滿的水，等水滾的時候把一串粽子放下去煮兩小時左右，香噴噴的南部粽完成！

【超商、柑仔店與我的童年】

王宇清

不知道讀者們對傳統雜貨店，也就是「柑仔店」的記憶是什麼？

我的童年，經歷了傳統雜貨店隨著便利商店出現、普及，漸漸被取代而沒落的過程。

我還能非常清晰的記得，由於住在南部鄉鎮，對於一開始只存在於北部都市的便利商店，只能從電視上見到。第一次看見整天開著冷氣，環境光潔寬敞，商品琳瑯滿目的連鎖超商，感到震撼、不可思議又嚮往——那是天使開的商店嗎？

隨著不時聽見廣告更新：目前已經開到第100家門市、第500家……總是焦躁的引頸期盼，超商能夠盡快進駐，而且最好就開在我家隔壁。

對一個小學生來說，光想像著，連身體內部都會跟著發出跟便利商店一樣明燦的白光，幾乎要從眼睛、嘴巴迸射出來。

當時，並沒有想到超商的崛起，可能會讓傳統雜貨店消失。不，應該說，年少無知的我，當時甚至期待著，超商能夠取代所有的傳統雜貨店。

後來，傳統雜貨店的確因為超商的快速崛起，難以競爭而越來越少了。比起真正的店鋪，「雜貨店」、「柑仔店」，如今更多時候成為帶有文青感、復古潮流的文創空間和意象。我想，許多孩子和年輕一輩，並未真的體驗過和柑仔店緊密相連的生活吧？但柑仔店或許因質樸又飽含濃厚人情味，在許多人的生命中，留下難以忘懷的情感；因此在社會與時光的演變遞嬗間，並未被遺忘，而被轉化成台灣人情味的象徵，保留了下來。

小時候，外婆是我和弟弟的主要照顧者。每天午睡起床，外婆會帶我們兄弟到離家不遠的柑仔店，挑一樣零食。不多也不少，就是一樣，通常是一包乖乖，或者一罐多多。雖然只有一樣，卻是一天中最期待的幸福時刻。外婆會拿著她的小錢包，靜靜的走在前面，結完帳，又走回來，成了童年記憶中寶貴的慈愛身影。

這家柑仔店，可能是我見過商品最少的一家，卻是在我生命中，最常光顧，也留下最深烙印的一家。除了平時的零食，家裏可能還會去那裏買米、買米酒、鹽巴、味素、醬油調味料。附近的每戶人家也是如此。當然，大叔們抽的香菸，肯定也是在那裡買。

《什麼都沒有雜貨店》裡的喜旺來，大抵依據童年這家柑仔店的記憶延伸想像而來。柑仔店存放冷藏冷凍商品的冰箱，就是柑仔店老闆家的冰箱。每次拿養樂多或者棒棒冰的時候，會看見店家家裡的食物也在裡面，總有些侵犯別人隱私，非禮勿視的小尷尬。但老闆自己也不介意呀？如今想來還是覺得有些好笑，這也是一種台灣人隨性、不拘小節的家常味吧？

我相信，現代超商和傳統雜貨店並不存在何者人情味較濃的絕對關係。便利商店也有許多溫暖的店員、發生過許多溫馨的關懷互助。然而現代的社會環境，尤其對孩子來說，比起以往，仍是更加疏離、冷漠的。每每感受到這一點，總會希望這個世界多一點「人情味」，不再有孩子被疏遠冷落，無助孤單。

我想，能為人世間帶來救贖與溫暖的關鍵，終究在於對他人主動付出關懷。

無論超商或柑仔店存不存在，只要有關懷的心，我們就能彼此依靠，得到力量。

這也是《什麼都沒有雜貨店》的核心。

這篇小小故事，也獻給在天堂上，辛勞照顧我，為我溫柔守護童年的外婆。

故事 ++
什麼都沒有雜貨店 2：祕密基地

文　王宇清
圖　林廉恩

社　　長　陳蕙慧
總 編 輯　陳怡璇
副總編輯　胡儀芬
編輯協力　顏樞
美術設計　捲捲
行銷企劃　陳雅雯、余一霞

讀書共和國集團社長　郭重興
發行人　曾大福

出　　版　木馬文化事業股份有限公司
發　　行　遠足文化事業股份有限公司
地　　址　231 新北市新店區民權路 108-4 號 8 樓
電　　話　02-2218-1417
傳　　真　02-8667-1065
Email　service@bookrep.com.tw
郵撥帳號　19588272 木馬文化事業股份有限公司
客服專線　0800-2210-29

印　　刷　凱林彩色印刷股份有限公司
2023（民 112）年 3 月初版一刷
定　　價　350 元
ISBN　978-626-314-384-5

國家圖書館出版品預行編目（CIP）資料

什麼都沒有雜貨店 . 2, 祕密基地 / 王宇清文 ; 林廉恩圖 . -- 初版 . --
新北市 : 木馬文化事業股份有限公司出版 : 遠足文化事業股份有限公司發行 , 民 112.03
128 面 ; 17x21 公分 . -- (故事 ++ ; 1)
國語注音
ISBN　978-626-314-384-5(平裝)

863.596　　112001401

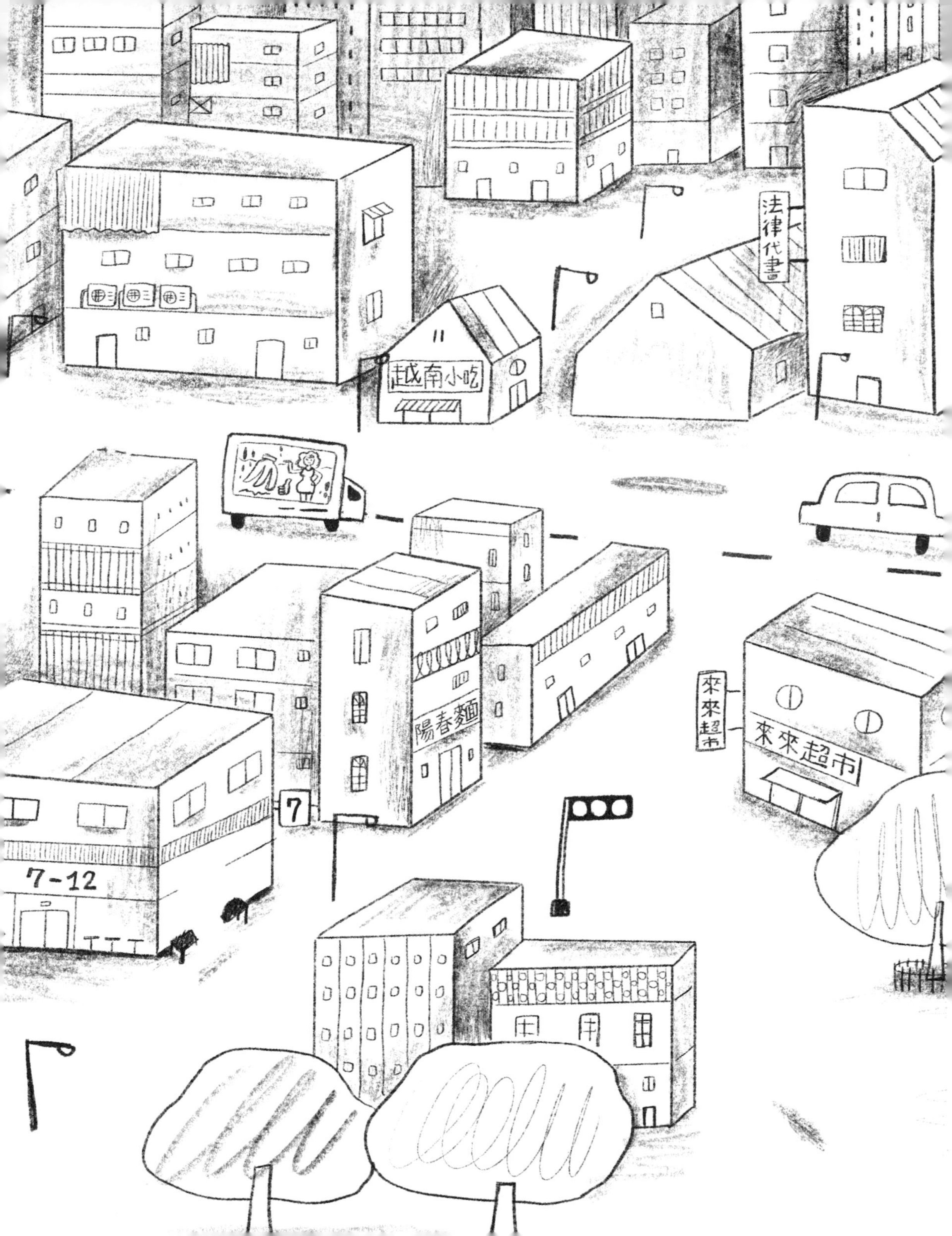
法律代書
越南小吃
來來超市
來來超市
陽春麵
7
7-12

來旺喜
美味便當
日式拉麵
大大文具
五金雜貨
生活五金
順